अशोक अरोरा
की प्रतिनिधि कवितायें

AF762417

लेखक
स्व. अशोक अरोरा
संपादक
रश्मि अभय

सन्मति

ISBN: 978-81-945072-1-5

प्रकाशक

सन्मति पब्लिशर्स एण्ड डिस्ट्रीब्यूटर्स

बी–347, संजय विहार,

मेरठ रोड, हापुड़–245101 (उ0प्र0)

website : www.sanmatiindia.com

email: sanmati555@gmail.com

मो. 8439645104, 7302710291

प्रथम संस्करणः 2020

आवरण

RETROTEK

कुछ बातें

सुबह 5 बजे उठकर फ्रेश होकर यूनिवर्सिटी घूमने जाना फिर 7 बजे तक लौटकर आना ।

चाय बनाकर मेरे साथ चाय पीना और बी.पी. (एच) की और मल्टी-विटामिन की दवाई खाना; साथ ही साथ गीता का एक श्लोक, उसका अर्थ लिखकर कृष्ण भगवान की तस्वीर को सुन्दर सा कलर करके सभी को व्हात्सपप पर पोस्ट करना, यही सुबह का काम था। फिर कविता, शेर-शायरी, भजन कुछ भी लिखने को कलम चलती रहती थी। सारा दिन कविता, ग़ज़ल, भजन, शेर-शायरी इत्यदि सभी लिखते थे। कहीं बाहर किसी के घर या गॉसिप नहीं करते थे। प्रत्येक रविवार को सुबह 2 घंटे के लिए साईं वृद्धआश्रम जाते थे। 'पी.एल.शर्मा हॉस्पिटल' में अपने साथियों के साथ मरीजों की सेवा में जाते थे। उन मरीजों के लिए दवाई, फ्रूट, जूस इत्यादि (3-4 लोगों के साथ) लेकर जाते थे।

दूसरों की सेवा में हमेशा तत्पर रहते थे। अपनी लाइफ में पूरी नौकरी दिल्ली में की थी। सुबह 4 बजे उठकर नहा-धोकर पूजा-पाठ करते थे। रोज गीता का पाठ करते थे। मंगलवार को हनुमान जी का व्रत रखते थे। बच्चों व बच्चों के बच्चों को बहुत प्यार करते थे। ऑफिस में समय से जाना, ऑफिस के बहुत ही करीब थे। सबका सम्मान करते थे और ऑफिसर भी उनका बहुत सम्मान करते थे। फैमिली में सभी से प्यार करते थे। उनकी फैमिली में ये केवल तीन भाई थे। अशोक जी सबसे बड़े बाकी दोनों भाई वेल सेटल्ड हैं। अपनी-अपनी फमिली में खुश हैं। माँ हैं जो अभी 90 वर्ष के करीब हैं। आस-पड़ौस सभी से अच्छी मुलाकात थी। अपने दोस्तों के साथ भी बहुत ही मिले जुले थे। सबसे बड़ी बात यह है कि खुश मिजाज थे। सभी से हँसी-खुशी बोलना, पल भर में सभी को अपना बना लेते थे। अपने परिवार में भी (खानदान)

सभी उनसे बहुत खुश रहते थे। अपने ससुराल में भी अपनी ख़ास जगह बना रखी थी।

जन्म 1953, 9 मई को हुआ था। सन् 2013 मई 31 को सेवानिवृत्त होने के पश्चात् अपना अधिकतर समय कविता लिखने में ही व्यतीत करते थे। SAS का एग्जाम सन् 1980 में पास किया था; जिसमें पूरे भारत में अव्वल स्थान प्राप्त किया था। CDA में सरकारी नौकरी की थी। अपनी जिन्दगी में कभी बीमार नहीं पड़े परन्तु अचानक ही 5 जुलाई को सुबह सैर करने के पश्चात् घर पर आए तो अचानक सर दर्द हुआ और पता चला कि ब्रेन हेमरेज हो गया।

भूमिका

अशोक अरोरा जी जिन्हें मैं 'पापा' बोलती थी, हालाँकि वक़्त के चक्रव्यूह में फँसकर हम कभी एक दूसरे से मिल नहीं पाये फिर भी बहुत अनोखा था हमारा रिश्ता।

मुझे अच्छी तरह याद है कि उस दिन 'फादर्स डे' था जब उन्होनें मुझे कॉल किया था और बहुत ही प्यार से पूछा "बेटा जी आप मुझे फादर्स डे पर विश नहीं करोगे।" उनका प्यार और उनकी आत्मीयता दिल की गहराइयों को छू गई और इस तरह परोक्ष रूप से मैं उस घर की बड़ी बेटी बन गई।

ये मेरा दुर्भाग्य था कि जब वो मम्मी के साथ मुझसे मिलने आये तो बेटे को चिकेन पॉक्स होने की वजह से मैं उनसे मिल नहीं पाई, तब मुझे तनिक भी आभास नहीं था कि वक़्त के क्रूर हाथों के वो शिकार हो जायेंगे। पापा बहुत ही सहज और सरल हृदय के व्यक्ति थे। मैं उनसे तो नहीं मिल पाई लेकिन ज़िन्दगी से एक सबक पाया कि वक़्त गुज़र जाने पर पछताने से बेहतर है कि उस वक़्त को बांध लो। वो अपने पीछे एक ममतामयी माँ और तीन प्यारी प्यारी बहनें दे गए जिनसे मैं उस वक़्त तक मिल नहीं पाई थी। ऐसे में एक दिन जब छोटी अंजली का कॉल आया उसकी बेटी के जन्मदिन पर आमंत्रण के लिए तो मैंने सोच लिया कि अब फिर कोई गलती नहीं होगी। वहाँ जाकर मैं सबसे मिली और एक पल के लिए भी मुझे ये नहीं लगा कि मैं सबसे पहली बार मिल रही हूँ। उसी दिन पापा की रचनाओं की चर्चा मैनें माँ से की क्योंकि पापा अक्सर मुझसे यही कहते थे कि "बेटा जी हम दोनों मिलकर छोटी-छोटी रुबाइयों का

एक कलेक्शन निकालेंगे।" मगर उनकी ये ख्वाहिश उस वक़्त पूरी नहीं हो पाई। अब उनकी ये ख्वाहिश हम सब की जिम्मेदारी थी।

माँ ने बहुत प्रयास से उनकी रचनाओं को कलेक्ट कर पेन ड्राइव में मुझे दिया। जब मैंने उस ड्राइव को खोला तो आश्चर्यचकित रह गई क्योंकि समाज का ऐसा कोई मुद्दा नहीं था जिस पर पापा की लेखनी ना चली हो। शायद विरले ही ऐसे लोग होते हैं जो किसी भी मुद्दे पर बेहिचक लिख सकें। पापा 'साई' के बहुत बड़े भक्त थे, शायद इसीलिए 'साई' को हम लोगों से ज्यादा उनकी जरूरत हो गई। मैंने देखा है कि उनकी रचनाओं में बहुत सारी रचनाएं साई पर भी लिखी गई हैं। बेशक वो रुमानियत से भरे हुए एक सशक्त इंसान थे.. मैंने कभी उन्हें किसी बात पर नाराज होते हुए नहीं पाया ना हीं कभी किसी दौड़ में शामिल होते देखा। शायद इसीलिए वो हर दिल अज़ीज थे।

मेरे लिए उनके बारे में लिखना बहुत कष्टप्रद है क्योंकि मुझे ऐसा महसूस होता है कि अभी भी मेरे कानों में उनकी आवाज़ गूंज रही हो। मुझे उम्मीद ही नहीं बल्कि पूरा विश्वास है कि उनका ये संकलन बहुत ही अच्छा जाएगा, खास तौर से उनकी जो अभिव्यक्ति बेटियों के लिए है वो निश्चित ही सराहनीय है क्योंकि ऐसी रचनाएं एक सरल हृदय पिता ही लिख सकता है।

पापा की रचनाओं में एक तरफ जहाँ रुमानियत के साथ-साथ समाजिक कुरीतियों का जिक्र है वहीं दूसरी तरफ उनकी देशभक्ति भी नज़र आती है। उन्हीं के ग़ज़ल की दो पंक्तियां हैं...

अँधेरे चंद लोगों का अगर मक़सद नहीं होते
यहाँ के लोग अपने आप में सरहद नहीं होते।

साथ ही साथ ज़िन्दगी को बयां करने का भी एक अलग अंदाज है। जैसे...

चले हैं घर से तो फिर धूप से भी जूझना होगा
सफ़र में हर जगह सुन्दर-घने बरगद नहीं होते।

पापा में एक बहुत बड़ी खूबी थी कि वो ज़िन्दगी को बहुत ही सकारात्मक रूप से देखते थे। हर इंसान के जीवन में उतार चढ़ाव आते रहते हैं, मगर मैंने उन्हें किन्हीं भी परिस्थितियों में तनावग्रस्त नहीं देखा। बेशक उन्हें भी तनाव होता होगा मगर वो उसे बखूबी अपने तक ही सीमित रख लेते थे।

आज के परिवेश पर उनकी एक रचना की चंद पंक्तियां हैं...

ज़मीनी हर हकीकत से वो कट गया यारों,
ना तजुर्बेकार वज़ीरों में वो फंस गया यारों..
चला था नेक इरादे से भलाई के रस्ते जो..
राजनीति के दलदल में वो धंस गया यारों।

इसी नज़्म की आखिरी दो पंक्तियां किस तरह इस समाज की सच्चाई को उभारती हैं...

'तमाम शहर उसके लिए जार जार रोया 'अशोक'
पता चला जबकि बे-मौत वो मर गया यारों...॥

मैंने पापा की हर रचना को अपने दिल के बहुत करीब पाया है और मुझे सिर्फ उम्मीद ही नहीं बल्कि पूरा यकीन है की कविताओं और गज़लों का ये संग्रह उनके हर दिल अजीज दोस्तों को बहुत भाएगी।

मेरे लिए 'अशोक अरोरा' जी यानि पापा के बारे में लिखना कभी भी आसान नहीं रहा, मगर उनके अधूरे ख़्वाब को पूरा करना अब हम सब की जिम्मेदारी थी। उम्मीद है कि इनके अजीज मित्र और तमान पाठकों को उनका ये संकलन बहुत पसंद आएगा।

शुभकामनाओं सहित सादर नमन

'रश्मि अभय'

पटना

अनुक्रमणिका

खुशबू उसी की आये	13
जहाँ ना पहुँचे रवि	14
लम्हें जुदाई के	16
सच मोहब्बत का	17
सफ़र अधूरा नहीं छोड़ा जाता	18
आखिर कब तक	19
देख कबीरा रोये	21
आत्मा संविधान की साथ ले गये	23
तेरे नैनों का पानी	24
मोहब्बत अब कृष्ण	26
रीढ़ वहीन	27
वो जो मेरा नहीं था	28
सब मिला हमको बस	29
अच्छा होता जो खुशी गम के	30
नारी एक तेरा अस्तित्व ही	31
दोषी कौन	32
मौन मेरे तुम्हारे बीच का	34
इक 'पहेली' बन के	35
उजालों में स्वार्थ के	37
जब दरिया ही प्यासा हो तो	38
वाह खूब कहा	39
क्यूँ जियूँ मैं अब	40
मेरे शहर में	42
निदिया किनारे आ जाना	43
शराब	44
खुदा	46

आखिर कब समझूँगा मैं	48
कब से कुंडी	50
धरा की धूल में	51
मेरे शब्दों में मेरी बातों में	52
कभी तो	54
कोशिश कर रहा हूँ मैं	56
छुईमुई बेटियाँ	58
गुजरा हर लम्हा	60
आओ दोस्तों हम सब मिलकर	62
हमने सीखा है	64
शक्ति, प्यार, समर्पण, त्याग; माँ	65
यूँ तो मैं	67
जो हर्फ़	69
किसी और के ख्वाब बतायें क्या	70
तुम प्रिये	72
भारतीय अर्थव्यवस्था देखो	74
हम उन प्यार के लम्हों को याद किए	76
मोहब्बत	78
फलक पे चाँद उतरा	80
मेरी वो हसरतें	81
ज़िन्दगी की कड़ुवाहटें जब याद आयीं	82
ना सर झुका इतना मोहब्बत में	83
हर ओर जोश ही जोश है	84
हम से बेहतर	85
तू मुझे अपना बना गया	86
मैं जी उठा हूँ	87
तो क्या हुआ	88
मेरे यारों नहीं मालूम	89
जब तक तुम ना मिलोगे	92

काश	95
बसंत आ गया	96
सुनो पिया	97
उस गुजरे पल में	100
अगर हो सके	101
यादें	102
अँधेरे घने हैं शाम के	103
सिर्फ तुम और सिर्फ मैं	104
बिछड़ के शाख़ से	105
दूर तक ख़ामोशी के	106
तन्हा खुद अपनी ही तलाश में	107
शांत है धरा	108
दर्द बहुत थे	109
मंज़र दहशतगर्दी के	110
अमीरी की आड़ में	111
मोहब्बत का फ़साना	112
पहली बार घर छोड़कर बाहर निकलना था	113
स्त्री स्वर	115
एक पौधा	117
एक कविता	119
वरमाला	120
मैं सिगरेट का टुकड़ा	121
पैसा है तो प्यार है	123
भीड़ में शामिल	124
आधी अधूरी रातें	125
खार हूँ मैं	126
मैंने देखा है	127
आम स्त्री	128
अबला हो गयी सबला	129

शब्दों से बड़ी ख़ामोशी	130
कभी तो	131
आखर प्यार के	133
ख़्वाहिशों के फूल	134
मिट्टी का चूल्हा	136
मौलिक अधिकार/कर्तव्य	138
ज़िन्दगी	140
खिलखिलाता बचपन	141
आप हमें ख़्वाबों में मिलते	142
एक खास दिन	144
करवा चौथ का चाँद	145
ये मन	146
मेरे सीने में तेरा नाम	148
एक घर मेरा	149
दरवाज़ा	150
तुम्हें फिर से जगाना होगा	151
जबसे गया है वो	152
यह दौर	154
ज़िन्दगी की दुआ	155
इंसान छोटा हो गया	156
कभी तो कहोगी	157
बीते दिन	159
क़बूल हो गयी	160

खुशबू उसी की आये

कुछ इस तरह से मिला
के बन धड़कन वो
समा गया दिल में
साँस भी लेता हूँ अब
खुशबू उसी की आये
दिन रात मेरे रहते हैं
अब महके-महके
ज़ुल्फ़ नागिन कुछ ऐसे
बिखरा गया है वो
निग़ाहे शौक से पिला के
ऐसा नशा दे गया वो
बात किसी की भी करूँ
जुबां पे नाम उसी का आये

समा गया दिल में
साँस भी लेता हूँ अब
खुशबू उसी की आये...

जहाँ ना पहुँचे रवि

मेरे अंतर्मन तक
तुम कैसे पहुँच जाते हो
जो मैं कह नहीं पाती
प्रियतम से वो तुम
कैसे कह जाते हो

ये तो बताओ हे कवि
जहाँ तक नहीं
पहुँचता रवि लेकर
रश्मियाँ अपनी
मन के उन अँधेरे
कोनों में तुम कैसे
झाँक जाते हो

कहाँ से शब्द लाते हो
मेरे दिल की बात कहने को
मुझे प्रेम है उन से
मैं हूँ पुजारिन उनकी
मैं कह नहीं पाती मगर
मेरे लिये हे कवि
ये सब तुम कह जाते हो
मेरे भावों को तुम कैसे

अपने शब्द दे जाते हो
सच कहा है किसी ने
के जहाँ तक नहीं पहुँचता
ले कर रवि रोशनी अपनी
उन अँधेरों को तुम
हे कवि
अपने शब्दों से जगमगाते हो.. ॥

लम्हें जुदाई के

लम्हें जुदाई के
तेरी बिदाई के
बजती शहनाई के
रोती बिनाई के
भीड़ में तन्हाई के
अपनी रुसवाई के
कुछ खट्टी मीठी यादों के
कुछ प्यार भरी बातों के
महकती अमराई में
अपनी मुलाकातों के
संग संग गुज़री
चाँदनी रातों के
हाँ रखे संभाल के सब
वो लम्हें मिलाई के
ये लम्हें जुदाई के
साथी हैं सब येअब
मेरी तन्हाई के ॥

सच मोहब्बत का

मोहब्बत का
अपना ही
अफ़साना है
हर कोई जिसे
गाना चाहे
ये वो हसीन
तराना है
जानते तो सब हैं
के आँसू नसीब हैं
मोहब्बत का

जुदाई व तन्हाई
इस का अनमोल
खजाना है,मगर
देखिये भले ही
लाख ग़म,
मुश्किलें हों
राहे मोहब्बत में
हर कोई
फिर भी इस का
दीवाना हैं
सच मोहब्बत का
अपना ही
अजब इक
अफ़साना है ॥

सफ़र अधूरा नहीं छोड़ा जाता

यकीनन
ज़िंदगी के सफ़र में
मुश्किलें
मिलती हज़ार हैं
पर डर कर
ज़माने की ठोकरों से
सफ़र अधूरा
छोड़ा नहीं जाता
हालात कितने भी
मुश्किल हों
हौंसला जनाब
कभी खोया नहीं जाता
मेरी बात को आप
समझ लेना हुजूर
दौर-ए-गर्दिशाँ में भी
साथ अपनों का
छोड़ा नहीं जाता
ज़िन्दगी हर हाल में
जीने के लिये है
ये वो सफ़र जिसे
किसी भी हाल में
अधूरा छोड़ा नहीं जाता॥

आखिर कब तक

आखिर कब तक,
बेटों की खातिर
सर बेटियों का कुचलते रहेंगे
आखिर कब तक
तोड़ कर अधखिली कलियों को
मसलते रहेंगे

अखिर कब तक
दौर ये ऐश-ओ-इशरत के
चलते रहेंगे
आखिर कब तक
इज्जत के नाम पर
जनाज़े बेटियों के
निकलते रहेंगे

आखिर कब तक
बेटियों को बोझ
हमसमझते रहेंगे

आखिर कब तक
नारी को उसके अधिकारों से
वंचित करते रहेंगे

आखिर कब तक
नहीं समझोगे ठेकेदारों
तुम समाज के
कि मिट जायेगा एक दिन
वजूद इंसान का,
गर बेटों की खातिर
सर बेटियों का हम यूँ हीं
कुचलते रहेंगे... ॥

देख कबीरा रोये

किसी के पास
नहीं है कुछ भी
बस तरसे वो
दाने दाने को और
किसी ने सबकुछ
होते भी बेच दिया
घर पुरखों का
खाने को और
किसी ने खरीद लिया
सुख जन्नत का
अपने रहने को और
हो के सब कुछ पास
फिर भी वो तरसे
दाने-दाने को
देख के हालत
दुनिया की
खुब कबीरा रोये
मुँह से निकलें शब्द न
जीभ पर लकवा होये
इशारों-इशारों में
कहे कबीरा..

सुनो भाई साधो
गुणवेता और द्रव्य से,
प्रीति करै सब कोय
कबीर प्रीति सो जानिये,
जो इनसे न्यारी होय.. ।।

आत्मा संविधान की साथ ले गये

कोयला चुरा के देश के
नेता और दलाल ले गये
पेड़ काट के लकड़ी जंगल से
सारे ठेकेदार ले गये

कैसे नसीब होगा
भोजन सबको मेरे मुल्क में
कीमत अनाज की,
देखो कहाँ से कहाँ
मुनाफाखोर ले गये

मयस्सर होगी कैसे
शिक्षा देश के नौनिहालों को
तिजोरी भर के शिक्षा सारी
अंगूठा छाप ले गये

दहशतगर्दी खत्म करने की
बात है मगर हौंसला नहीं
सरहद पे सर काट के जवानों का
दहशतगर्द ले गये

लिख गये संविधान में कि
धर्मनिरपेक्ष है हम, मगर
बाँट गये धर्म में हमें
झगड़े दे गये झोली में
आत्मा संविधान की साथ ले गये.. ॥

तेरे नैनों का पानी

है कुआँ भी
नदी भी और
समंदर भी तो
हमारा है
मगर पीने को है
न अब पानी
कुआँ सूखा
नदी मैली
समंदर भी तो
अब बहुत खारा है
और तेरे नैनों का
पानी भी तो
अब मैला मैला
और कुछ कुछ
नमक़ जैसा है
आओ मिल बैठें
और रास्ता कोई
निकालें हम..
नयी पीढ़ी के वास्ते
पानी ही मगर अमृत सा
बना जायें हम
ताकि फिर कोई मुझसा

ना ये कह सके कि
कुआँ सुखा
नदी मैली
समंदर भी तो खारा है
और तेरे नैनों का
पानी भी कुछ कुछ

नमक़ जैसा है.. ।।

मोहब्बत अब कृष्ण

देखो कृष्ण
तुम्हें किसी ने
जाना हो या नहीं
तुम्हारे उपदेशों
तुम्हारी बातों को

किसी ने समझा
हो या नहीं
पर एक बात
बिना मर्म
जाने रिश्तों का...
इस दौर में
सब की समझ में
आ गयी
गली-गली में
आजकल यहाँ खुद को
कृष्ण और राधा
समझने वालों की
बाढ़ सी आ गयी

मोहब्बत अब कृष्ण...
तुम्हारे नाम पर
बिकती है
राधाओं की लाज
आज सरे-आम
चौराहों पे लुटती है.. ॥

रीढ़ वहीन

घायल तन है
घायल मन है
घायल हर एक
सपना है
मंजिल भले ही
कठिन है मेरी
हिम्मत अब भी
अपना है
जीवन पथ पर
मुझ को
मीलों दूर
निकलना है
रीढ़ वहीन
इस समाज की
सुप्त संवेदनाओं को
फिर से जागृत करना है..
फिर से जागृत करना है.. ।।

वो जो मेरा नहीं था

सोचता था कि मैं भी
मोहब्बत करूँ किसी से
पर कोई भी हसीन चेहरा
मेरी निग़ाह में न था

तस्वीर एक दिन किसी की
कोई दिखा बैठा मुझे
कुछ अल्फ़ाज़ इस पर भी लिखूँ
ये गुज़ारिश भी थी उसकी

मैं खो कुछ इस तरह
उसकी खुबसुरती में कि
छवि उस हुस्न-ओ-जमाल का
मेरे अब नयन में था

वो छा गया था मेरे जहन में
कुछ इस कदर कि
उसका ख्याल अब हर पल
मेरे सुख़न में था

ज़िन्दगी कब किससे मिलवा दे
ये कोई, कह नहीं सकता
वो जो मेरा नहीं था कभी
वो अब मेरी जान मेरी धड़कन में था।

सब मिला हमको बस

कुछ नहीं जानते लोग
दिल को दुखाने के सिवा
कोई काम नहीं उनको
उंगलियाँ उठाने के सिवा

कौन सुनता है यहाँ पर
दर्द-ए-दिल किसी का
नहीं फुर्सत किसी को
अपनी सुनाने के सिवा

कर दिया दिल-ओ-जान को
हमने हवाले जिसके
उसने हमें कुछ ना दिया
बस एक रोने के सिवा

साथ जिनके थे हम
मोहब्बत की कश्ती में सवार
उनको भी ना मिला कुछ
एक हमें डूबोने के सिवा

क्या कहूँ क्या ना कहूँ
समझ नहीं आता, हाँ
सब मिला हमको बस एक
मुहब्बत के खज़ाने के सिवा...

अच्छा होता जो खुशी गम के

छोड़ गये क्यूँ बीच राह
ये तो बताते जाते
सिलसिले इतने तो थे
कि निभाते जाते

बेवज़ह चले जाने से
तो बेहतर था
खफ़ा होते तुम और
हम मनाते जाते

मोहब्बत तुमसे
गर न होती तो मर जाते
क्यूँ लौ तेरी में हम
खुद को जलाते जाते

बिछड़ के हम से
तुम भी बहुत रोते हो
अच्छा होता जो खुशी गम के
गीत साथ ही गाते जाते

जानता हूँ तुम्हारी वफ़ा में
कोई कमी नहीं जाना
पर बेहतर होता गर
मेरी वफा को समझते जाते...

नारी एक तेरा अस्तित्व ही

शब्द नहीं मिलते मुझको
कैसे नारी तेरा बखान करूँ
सरस्वती रूपा, लक्ष्मी स्वरूपा
अत्याचारी की खातिर हो काली-दुर्गा
ममता तुम्हीं, संस्कार तुम्हीं
स्नेह, त्याग और प्यार तुम्हीं हो
घर-आँगन को जो रोशन करती
सूरज की वो दमकार तुम्हीं हो
खुशियों का संसार तुम्हीं से
प्रेम का आगार तुम्हीं हो

कभी लगती हो कोमल फूलों सी
कभी शक्ति का अवतार तुम्हीं हो
नारी एक तेरा अस्तित्व ही
इस संसार के होने क कारण है

सच कहूँ गर मैं नारी
तुम बिन सब अधुरा है
हम सबके जीवन का आधार तुम्हीं हो
ममता तुम्हीं, संस्कार तुम्हीं
स्नेह, त्याग और प्यार तुम्हीं हो.. ॥

दोषी कौन

जब भी पढ़ता हूँ
ये खबर अखबार में
के छोड़ गई फिर
एक माँ एक लाल
कचरे के डब्बे में, बस स्टैंड
रेलवे स्टेशन, भरे बाज़ार में
तब नज़र के
सामने घूम जाता है कर्ण
उसका विषाद उसका दुःख
और घूम जाती है...
कहानी कुंती की...
समाज आज भी...
वहीं का वहीं खड़ा है
अपने अहंकार में अड़ा है
आज भी मान्य नहीं
नारी का स्वतंत्र प्रेम,
उसका परिणाम...
धरती पाताल आकाश में
कल भी कुंती मौन थी
आज भी कुंतियाँ मौन हैं
समझ नहीं पाता हूँ के
दोषी कौन है?

कुंती ... मैं तुम या हम?
ना जाने कब तक यूँही
रुलाते रहेंगे कितने शिशु संसार में
कब जाके मिलेगा नारी को उसका
उचित स्थान, सम्मान इस समाज में?

मौन मेरे तुम्हारे बीच का

मेरे तुम्हारे बीच
क्यूँ पसरा है मौन

क्यूँ फैली है ख़ामोशी
क्यूँ वक़्त का मुझको होश नहीं
क्यूँ तुम तरसाते हो,
तड़पाते हो तन्हाई में और
कहते हो 'मेरा कोई दोष नहीं'
कोई चाहेगा क्या किसी को,
जितना मैंने तुमको चाहा है
तुम मेरे दिल में रहते हो
ज्यूँ मन्दिर में भगवान रहें
कब तक तुम मौन रहोगे
कब तक ना बोलोगे
मैं भी तो ज़िद्दी बन्दा हूँ
दामन तेरा ना छोड़ूंगा
उस पत्थर के भगवान की भाँति
एक दिन तुमको बुलवा के मानूँगा
मौन मेरे तुम्हारे बीच का
मैं तुड़वा के मानूँगा.. ॥

इक 'पहेली' बन के

जाग़ जायें उम्मीदें महक जायें फिर से
ये मेरी साँसें जानाँ
भेज दो पैग़ाम-ए-मोहब्बत और
अपनी साँसों का ज़रा सन्दल जानाँ

के अबके फिर छू लूँ तुम्हें
तुम चले आओ जानाँ
गुलाबों की वो महक अभी तक
हाथों में बसी है जानाँ

हाल ये है के नींद आती नहीं
तो ख़्वाब भी नहीं आते जानाँ
आँख रोती रहती है ये मेरी
तेरी याद में रात भर जानाँ

बहुत दूर मंज़िलें है हमसे
मैंने ये कब कहा था जानाँ
सफ़र दो चार क़दमों का ही तो
साथ तय करना था जानाँ

ज़िन्दगी मेरी तुम बिन
इक 'पहेली' बन के रह गई
अब तुम ही बता दो कैसे पार करूँ
यादोँ का ये विहड़ जंगल जानाँ

जाग जायें उम्मीदें महक जायें
फिर से ये मेरी साँसें जानाँ
भेज दो पैग़ाम-ए-मोहब्बत और
अपनी साँसों का ज़रा स्व-सन्दल जानाँ ॥

उजालों में स्वार्थ के

हम बिक गये
तुम बिक गये
ज़िन्दगी की दौड़ में
सब बिक गये
कौन पूछता है
यहाँ अब ईमान को,
अच्छे अच्छे यहाँ
इंसान बिक गये
बेच डाला लोगों ने
निःस्वार्थ भाव को
आदर समान सत्कार
सब बिक गये..
उजालों में स्वार्थ के
देखिये यहाँ
इस भौतिकवादी दौर के
नग्न तमाम
रिश्ते दिख गये
इंसान तो इंसान है
स्वार्थियों की दौड़ में
भगवान भी बिक गये.. ॥

जब दरिया ही प्यासा हो तो

जब दरिया ही प्यासा हो तो
बंजर होती ज़मीं की
प्यास बुझेगी कैसे
खेतों में फ़सल
लहलायेगी कैसे और
ये ज़मीं इंसा की भूख़
मिटायेगी कैसे
मुरझाये चेहरों पे किसानों के
ये नूर लायेगी कैसे
अभी भी वक़्त है सम्भल जाओ
दौर-ए-ख़ुशफ़हमी से निकल आओ
कहीं मिट न जाये
जीवन ही इस ज़मीं से
बचा के पानी, आने वाली पुश्तों को
जीवन दान दे जाओ
अपनी इंसानियत की कुछ तो
पहचान दे जाओ॥

वाह खूब कहा

जिस्म से हो शुरु जो
आ जिस्म पे ठहर जाये
मुहब्बत जो कहे उसे
मुझे तो शर्म आये
लोग करते हैं, बदनाम
मुहब्बत को यहाँ
समझते नहीं वो नासमझ के
मुहब्बत में सूरत न बदन
कभी काम आये
जिस्मों की कहाँ ताब (गर्मी)
रहती है मोहब्बत में

रूह से रूह मिले है जब
वासना मिट जाये तब
मोहब्बत में काला गोरा
कुछ नहीं होता
यार सबसे हसीन नज़र आये है तब
मिलती है अभी भी दुनिया में
पाक मोहब्बत
बस एक खूबसूरत दिल
और हसीं नज़र चाहिये.. ॥

क्यूँ जियूँ मैं अब

ता-उम्र खुद को
मिटाता रहा मैं
भूल खुद को
औरों के लिये
खुशियाँ जुटाता रहा मैं
पर एक एक कर
छोड़ तन्हा मुझे
हर कोई जाता रहा
अपनी दुनिया
अपना आशियाँ बनाता रहा

सोचता हूँ कि
क्यूँ जियूँ मैं अब
उन अपनों की यादों में
जो रह रह के
मुझे याद दिलाते रहे
कि मैं हूँ पर
मेरा कोई वजूद नहीं
किसी आँधी के
इंतज़ार में,
गिर जलने को तैयार,
खड़ा एक

सुखा हुआ शजर हूँ मैं
पर वो क्या जाने कि
अन्दर से अभी भी
ज़िन्दगी से भरपूर हूँ मैं
एक नयी डगर,
एक नये सफ़र पर
चलने को तैयार हूँ मैं.. ॥

मेरे शहर में

न मुस्कुराती हैं
न हँसती हैं
न गुनगुनाती हैं
न किसी के
सुख की
न किसी के
दुःख की साथी हैं
बस मशीनों सी
चलती फिरती हैं
खोयी रहती हैं
खुद में और
खुद को ख़ुदा
समझती हैं
मेरे शहर में
सिर्फ और सिर्फ
लाशें बसती हैं
चलती फिरती लाशें.. ।।

निदिया किनारे आ जाना

जब भोर भये
तुम सुनो प्रिये
निदिया किनारे आ जाना
कुछ गीत कृष्ण ने गाये थे
राधा के मन को भाये थे
कुछ गीत तुम्हें सुनवाने को
मन की बात बताने को
मैं भी ले कर आया हूँ
चाँद चकोरी की वो ही
पुरानी प्रेम कहानी
तुम्हें याद दिलाने आया हूँ
भँवरा कैसे फूल देख कर
गुन गुन गुन करता है
ये तुम्हें दिखाने आया हूँ
मनमीत मैं प्रेम अलख
जगाने आया हूँ
सुना तान
मधुर मुरली की
तुम्हें अपना बनाने आया हूँ
बस...
जब भोर भये
तुम सुनो प्रिये
निदिया किनारे आ जाना
आके मेरे घर आँगन में
मेरा जीवन
सफल बना जाना.. ।।

शराब

एक रोज़ एक शराबी से
मैं कह बैठा
बुरी शय है छोड़ दे,
तोड़ दे बोतल ये शराब की

वो बोला...
बुरी नहीं ये बोतल
मेरी शराब की
इस में दिखती है मुझे
प्यारी सूरत मेरे यार की
तुम कहते हो के
पीना छोड़ दूँ,
बोतल तोड़ दूँ मैं
नहीं तोड़ सकता
नहीं छोड़ सकता
ताउम्र साथ रखनी है
ये सौगात मुझे
मेरे प्यार की

और...
जो मैं समझा
उसकी बातों से

वो कहता हूँ
के ज़ख़्म मुहब्बत के
हर कदम हरे रखे उसने
वो ही रखता है
जिसने लहू में घोला
मोहब्बत को नशे की तरह.. ॥

खुदा

हमको खुदा बना दिया,
छीनके हमसे कू-ए-यार
एक आयत
में बसा दिया।

डर से खुलने के राजे दिल,
दिल से निकाल कर
मंदिर
में सजा दिया।

लगे ना ख्वाहिशों को तोहमत
इसलिए तूने,
नूर-ए-ईश्क को
नूर-ए-ईलाही बता दिया।

दिखाये ख्वाब संगमरमरी
फिर धड़कते दिल को
हज्र-ए-अस्वद
बना दिया।

जहाँ से सुनाई ना दें
मेरी आहें भी
मुझको इस कदर
ऊँचा उठा दिया।

छुपाने को अपनी तंगदिली
मेरे मेहबूब ने
स्वांग
खुदा का रचा दिया।

कू-ए-यार- महबूब की गली, आयत - इस्लाम के धार्मिक ग्रन्थ कुरान की सबसे छोटी इकाई, हज्र-ए-अस्वद- The Black Stone in the eastern corner of the Kaaba, symbolising something which is respected but not loved. नूर-ए-ईश्क- glow of love, नूर-ए-ईलाही- glow of god

आखिर कब समझूँगा मैं

आखिर मर्द हूँ ना
कुछ भी कह देता हूँ, तुम्हें
गुस्सा आने के बाद,
बाद में, अकेले तन्हाई में
रोता हूँ बहुत
सोच कर हर बात, तुम्हें
कहने जाने के बाद
क्यूँ भूल जाता हूँ
मैं ये अक्सर के,
चोट खा खा कर भी
दिल, जिगर और जान पे
भूल कर दर्द
अपने ज़ख़्मों का हमेशा
तुम ही ने तो सँवारा है मुझे
हर बार
टूट कर बिखर जाने के बाद
क्यूँ नहीं रखता मैं
ज़िन्दगी तुम्हें सम्भाल कर

क्यूँ ये बात
समझ में मेरी नहीं आती कि
ज़िन्दगी आज़ाब होगी

तेरे जाने के बाद
आखिर कब समझूँगा मैं कि
तुम ही ने तो सँवारा है मुझे
हर बार
टूट कर बिखर जाने के बाद.. ॥

कब से कुंडी

रूठना है रूठ लो,
ये हक़ तुम्हारा है
पर, हर दस्तूर
मुहब्बत का निभाना
ये हक़ हमारा है
देखिये
सब ख़ता है हमारी
ये स्वीकार कर
प्यार से जानम
तुम्हें मना रहें हम
जैसे भी हैं, हर जन्म
तुम्हारे ही तो
रहे हैं हम
इससे पहले के 'जान' जाये
दर पर तुम्हारे
खोल दो
दरवाज़ा दिल का
कब से कुंडी
खटखटा रहे हैं हम
ज़िदगी तुम्हें मना रहे हैं हम।।

धरा की धूल में

बस दो कदम ही की
तो सारी बात थी
मैं चलता रहा
मगर, चल न सके तुम
यूँ ज़िंदगी के फासलों को
बढ़ाते रहे हो तुम

मैं सोचता था रास्ता
तुम्हारे दिल का मिल गया मुझे
पर हर बार मुझे रास्ते से
भटकाते रहे हो तुम
छुटमुट तारों की चमक
हरदम लुभाती रही तुम्हें
ध्रुव तारे को मगर हमेशा
ठुकराते रहे हो तुम
माना के हमेशा माहताब
रहे हो तुम, मगर हर बार
धरा की धूल में भी
मिलते रहे हो तुम॥

मेरे शब्दों में मेरी बातों में

मेरे
अल्फ़ाज़ कुरेदता रहता है
मेरी
हर बात पकड़ता रहता है
मेरे
शब्दों में मेरी बातों में
वो
बेवफ़ाई ढूँढता रहता है
मेरे
ज़ज़्बात मेरे अहसासों को
वो
क्यूँ समझ नहीं पाता है
कि
कड़वी, सच्ची बात हमेशा
जो
मुँह पर ही कहता है,
वो ही
करे हैं सच्ची मुहब्बत
और
हित उसका चाहता है
जीवन
के टेढ़े मेढ़े रस्तों पर

वो साथ
उसका देना चाहता है
मिलकर
उस संग जीवन के
सब
सुख दुःख बाँटना चाहता है
वो
समझदार हो कर भी फिर
क्यूँ
सच समझ नहीं पाता है
क्यूँ
मेरे अल्फ़ाज़ कुरेदता रहता है
मेरी
हर बात पकड़ता रहता है
मेरे
शब्दों में मेरी बातों में
वो, क्यूँ
बेवफ़ाई ढूँढता रहता है ॥

कभी तो

बैठ तन्हा
ख़्वाबों-ख़्यालों में
अक्सर ये
सोचा करता हूँ मैं
कि...
कभी तो
बैठ समन्दर किनारे
नर्म, ठंडी रेत पर
डूबते सूरज को
मेरे संग
तकोगे तुम
कि
कभी तो
भीड़ से दुनिया की
दूर बहुत दूर
कुछ लम्हें
सुकून के जीने
मेरे संग
चलोगे तुम
कि...

कभी तो
हसीं वादी में बैठ
मन्दिर की सीढ़ी पर
रूह से रूह को
संग मेरे
गुनोगे तुम
कि...
कभी तो
ख़त्म होगा अभिशाप
मिला है जो हमें
ज़ुदाई का, और
हर जन्म फिर
मेरे संग
रहोगे तुम॥

कोशिश कर रहा हूँ मैं

ख़ामोश चेहरों पर लिखे
अनकहे भावों को पढ़ने की
कोशिश कर रहा हूँ मैं...

आँखों में ठहरे समन्दर की
गहराई नापने की
कोशिश कर रहा हूँ मैं...

कोई बोले है आँखों से
कोई कहे इशारों में
तिलिस्मी इस दुनिया में
मूक बधिरों की
भाषा समझने की
कोशिश कर रहा हूँ मैं...

दुनिया बदल जाये, ये
अरमान रखता हर कोई
मगर, खुद को
बदलना नहीं चाहता यहाँ कोई
इंसानी इस फ़ितरत को
जानने की
कोशिश कर रहा हूँ मैं...

सच कहूँ अगर तो
इस मरती हुई
सम्वेदनाओं के
इस आधुनिक समाज में
जीने की नाकाम एक
कोशिश कर रहा हूँ मैं...

ख़ामोश चेहरों पर लिखे
अनकहे भावों को
पढ़ने की
कोशिश कर रहा हूँ मैं ।।

छुईमुई बेटियाँ

मासूम सी
सी
नाज़ुक दिल
होती हैं बेटियाँ

नेमत ख़ुदा की,
रहमत खुदा की
होती हैं बेटियाँ

महक उठता है,
वो घर जहाँ
होती हैं बेटियाँ

घर की बगिया के
वो रंग बिरंगे फूल
होती हैं बेटियाँ

माँ बाप की
आँखों का तारा
होती हैं बेटियाँ

छोड़ अँगना बाबुल का
घर गैर का
बसाती हैं बेटियाँ

कभी ज़ार ज़ार रोता है
तो कभी बे-बात ही
सहम जाता है दिल
जब खबर बेटियों की
नहीं पाता है दिल
मिल जाती है खुशी
जब आ चेहरा दिखा
जाती हैं बेटियाँ...

कहने को तो बहुत कुछ है
बेटियों के वास्ते
बस इतना कहूँगा मैं
कि
माँ बाप की लाडली
उनकी जान, उनकी शान
होती हैं बेटियाँ

जो दुःख सुख में साथ दें,
वो बेटे, होती हैं बेटियाँ
वो घर खुशनसीब होता है बहुत...
जिस घर में
होती हैं बेटियाँ॥

गुजरा हर लम्हा

ज़िन्दगी की कड़ुवाहट
जब याद आयीं तो
वो याद आया...और
उसका मुँह फेर कर
चले जाना याद आया

दिल जो कभी मेरा था
उसका भी मुझे छोड़
साथ उसके
चले जाना याद आया

आबाद था, शादाब था
जो कभी उसके हुस्न से
उस गुलशन से बाहारों का
चले जाना याद आया..

क्या कहूँ, क्या न कहूँ
बस इतना समझ लो
भीड़ में, तन्हाई में, मुझे
अपनी बर्बाद मोहब्बत का
गुजरा हर लम्हा, याद आया

तस्वीर उसकी उतर आयी
आँखों में और आँसूओं का
सैलाब उमड़ आया...

ज़िन्दगी की कड़ुवाहट
जब याद आयीं तो
वो याद आया...और
उसका मुँह फेर कर
चले जाना याद आया ॥

आओ दोस्तों हम सब मिलकर

मिले नव प्रभात नव प्रकाश जगत को
अंधियारा नववर्ष ये हर ले
आओ दोस्तों हम सब मिलकर
स्वागत अभिनन्दन नववर्ष का कर लें
आओ दोस्तों हम सब मिलकर......

समझें हम जीवन की सच्चाई को
खाई कटुता की, आओ भर लें
प्रेमभाव मन में ले कर संचार जीवन में
नयी अशाओं का कर लें
आओ दोस्तों हम सब मिलकर......

मिटे भय आतंक युद्ध का इस जहां से,
छटे द्वेष वैर की छाया
भाईचारा हो जग में बहे हवा समृद्धि की
आओ मिल काम ऐसा कर लें
आओ दोस्तों हम सब मिलकर......

दुःख दर्द सभी के मिट जायें ना बहे यहाँ
किसी की आँख से आँसूं

लूटे ना अब आबरू
किसी माँ बहन बेटी की
मिल उपाय को कर लें
आओ दोस्तों हम सब मिलकर......

मंगलमय हो नववर्ष सभी को आओ
मिल ये दुआ ईश से कर ले
आओ दोस्तों हम सब मिलकर
स्वागत अभिनन्दन नववर्ष का कर लें
आओ दोस्तों हम सब मिलकर.. ॥

हमने सीखा है

दूर रह के भी
तुम साथ निभाते रहना
हर एक मौसम में
हमें तुम हँसाते रहना
जबसे गये हो तुम
हर शाम ये आदत ठहरी
खड़े हो खिड़की में
हाथ हिलाते रहना

जब कभी सावन में
झूलो झूला बागों में
पिंग देने को
हमें तुम बुलाते रहना
जाने आँखों को
ये हुनर कहाँ से आया
मेरी हर बात
तेरी तस्वीर से बताते रहना
हम कहीं भी रहें
हर हाल तुम्हारे होंगे
हमने सीखा है
क़ौलोक़रार निभाते रहना...

शक्ति, प्यार, समर्पण, त्याग; माँ

शक्ति प्यार समर्पण त्याग
माँ ये तेरे हैं सारे नाम
सुबह सवरे उठ लग जाती
करने घर के बहुतेरे काम
सुनती रहती हो सारा दिन
कभी उसकी कभी मेरी माँ
एक शिकन भी न देखी
माथे पर कभी हमने तेरी माँ

हम सब के जीवन को मान लिया
तुमने जीवन अपना माँ
अपनी कोई चाहत ना तेरी
ना कोई तेरा अपना सपना माँ
हर लेती हो सब ताप हमारे
बन शीतल झोंका हवा का माँ
सुख चैन की निद्रा आती है
हमें तेरे आँचल के साये में माँ

जब भी कोई मुश्किल आन पड़ी
सबसे पहले याद तुम ही आयी हो माँ
सब काम आसन हो गये
दम पर तेरे आशीर्वाद के माँ

देख शक्ति प्यार त्याग समर्पण तेरा
ईश भी तेरे चरणों में शीश नवाते माँ
तभी तो वो भी कहते है
पाँव तले है तेरे ज़न्नत माँ॥

यूँ तो मैं

यूँ तो मैं
किसी की बात का
अक्सर
जवाब नहीं देता
पर बात ही उसकी
कुछ ऐसी थी कि खल गई
ज़ेहन में नश्तर सी चुभ गई
कहने लगा
मोहब्बत पे लिखते हो
कुछ समाज सुधार की
बात किया करो
गर छपना है
रिसालों अखबारों में
मेरी तरह
समाज सुधार पर
लिखा करो...

वो भूल गया था शायद
कि प्यार मोहब्बत बिन
हर रिश्ता अधूरा है
तभी तो बिन प्यार
माँ-बाप

भाई-बहन
पति-पत्नी
हर रिश्ते में
बढ़ रही है दूरी
जिधर देखो
तांडव वासना का
है नज़र आ रहा
सुन दोस्त
रिश्तों में गर मोहब्बत है
तो सुखी संसार है और
तभी होगा कारगर
तेराये समाज सुधार है तो
पहले प्यार से
घर संवारों अपना, फिर देखना
समाज खुद ब खुद संवर जायेगा॥

जो हर्फ़

तेरे इश्क
तेरी चाहत
तेरे इंतज़ार में
जो हर्फ़ मैंने
कागज़ के कोरे
पन्नों पर
लिखे थे कभी
वो तो कभी के
जला डाले मैंने
पर जो हर्फ़
अपनी मोहब्बत
अपनी चाहत के
बरसों के इंतज़ार के
तुम मेरे महबूब
लिख गए हो
दिल पर मेरे
उन हर्फ़ों को मैं
मेरे महबूब
दिल से मिटाऊँ कैसे
उनको जलाऊँ कैसे ॥

किसी और के ख्वाब बतायें क्या

एक तू ही था एक तू ही है
किसी और का नाम बतायें क्या..
ख्वाब थे तुम्हारे मेरी आँखों में..
अब किसी और के ख्वाब बतायें क्या..

हम ख्वाबों में तुझे सजाते रहे
सुनाते रहे तुझे नग़मातों में..
टूटे दिल की अब सुनायें क्या
बिखरे ख्वाब दिखायें क्या..

ये जुदाई जो अपने दरमियाँ
है इस ज़हर से खुद को बचायें क्या
आग से ग़म ए तन्हाई की
अब सारा ज़िस्म ये जलता है...
ज़हन्नुम की इस आग से
अब दिल ए नादाँ को बचायें क्या..

मेरा गीत ही जब मुझ से रुठ गया..
मन मीत ही मुझ से दूर गया
मेरा इश्क़ चौंध में डूब गया..

ऐसे में...या रब..तू ही बता..
इस तूफान से अब खुद को
पार लगायें क्या...

एक तू ही था एक तू ही है
किसी और का नाम
बतायें क्या..ख्वाब थे तुम्हारे
मेरी आँखों में..अब
किसी और के ख्वाब सजायें क्या ।।

तुम प्रिये

हम तपती हुई दुपहरी
तुम शीतल छाँव प्रिये
तुम सब को प्यारी हो
हम आँख के खार प्रिये

तुम एक ठंडी बयार
हम धधकती थार प्रिय
तुम देती जीवन सब को
हम एक सूखी दरख़्त प्रिये
हम ठहरे हुए समन्दर
तुम एक बहती धार प्रिय
हम ठहरे खारा जल
तुम मीठी जलधार प्रिये

तुम उषा हो
हम ढलती हुई शाम प्रिये
हम उदास रात
तुम सुबह का मधुर तान प्रिये

हम बबूल
तुम खिलता हुआ गुलाब प्रिये

तुम चाहत हो सब की
हम ठोकर की ख़ाक प्रिये

तुम सावन की फूहार
हम भादों की धूप प्रिये
तुम हँसती गाती दुनिया हो
हम उज़ड़ा हुआ मकाँ प्रिये

तुम मेरा सब कुछ हो
तुम ही मेरे मन मीत प्रिये
जीवन तुम से है मेरा
तुम इस जीवन के प्राण प्रिये

देखो तुम दुर ना जाना मुझ से
तुमसे ही है ये जीवन गुलज़ार प्रिये
तुम मेरी हँसती गाती दुनिया हो
तुम ही मेरी साँसों की डोर प्रिये

तुम ही मेरी साँसों की
डोर प्रिये...डोर प्रिये...डोर प्रिये...
हम ठहरे हुए समन्दर
तुम बहती हुई नदी प्रिये
हम ठहरे खारा जल
तुम मीठी जलधार प्रिये ॥

भारतीय अर्थव्यवस्था देखो

कितनी तरक्की कर गयी भरतीय रेल
आदमी को ढोते-ढोते
अब खुद ही आदमी पर चढ़ गयी

अब आदमी की गरीबी से नहीं है
इस को कोई सरोकार
ये रेल गरीब की अब
सरकार के लिये जेब भरने का
एक कारखाना बन गयी

आम आदमी की जेब कैसे काटी जाती है
भारतीय रेल की ये तरकीब
अब अर्थशास्त्र की किताबों का भी
एक हिस्सा बन गयी

अब कोई भी सरकार
रेल का किराया बढ़ाती नहीं
सोचती है कि भारतीय रेल का गणित
आम आदमी की समझ में आता नहीं
इस लिये अब किराये के नाम पर
जनता को लूटा जाता नहीं
क्यूँ की सरकार की नज़र में

आम आदमी तो रेल में
सफर करता ही नहीं
उस के पास तो खाने के लिये
भी पैसा होता नहीं

मैं चल पड़ा हूँ जानिब ए मंज़िल
ना रोक मुझ को
साथ चल तू भी
आ मिल के ख्वाब पूरे करते है...

हम उन प्यार के लम्हों को याद किए

जब तुम जुबान से नहीं आँखों से बोलती थी
जब तुम दिल के हर राज को सिर्फ मुझपे खोलती थी

आज फिर उस मोड़ पे खुद को अकेला पाया
ज़िन्दगी आज फिर मुझे उस मोड़ पे ले आयी
जहाँ तू मेरे साथ थी, पर आज तन्हा हूँ मैं
तब तू खामोश चुपचाप रहा करती थी
ज़िन्दगी पर तब
तेरी खामोशी तेरी निगाहों से बोला करती थी...

तेरी धड़कनें मेरी धड़कनों से
चुपचाप बात किया करती थी
तेरी चूड़ी.. तेरी पायल..
माहौल गुलज़ार किया करतीं थी
एक राग मोहब्बत का
मुझे सुना जाया करती थी

अपनी घनेरी ज़ुल्फ़ों की छाँव में
मरमरी अपनी बाहों में
तू अपनी मस्त निगाहों से
जब मुझे पिलाया करती थी

वो भी वक़्त था
जब राज-ए-दिल तेरा मेरा हुआ करता था
और तू अपनी दिलकश अदाओं से
मुझे लुभाया करती थी

यहाँ आज भी कुछ नहीं बदला
वो ही मंज़र, वो ही नज़ारें सब कुछ तो है
अगर कुछ नहीं तो
साथ मेरे ज़िन्दगी के एक इस मोड़ पर तू नहीं॥

मोहब्बत

तू खुशी देती है
तू कभी गम देती है
मोहब्बत

ऐसी क्या बात है
जो तू फिर भी
मुझ में कम
नहीं होती है
मोहब्बत...

जितना भी रोता हूँ
तन्हाईयों में
मैं तेरे लिये
उतना ही तू
मेरे दिल में
समा जाती है
मोहब्बत...

सोचा तो बहुत हूँ
तुझे छोड़ दूँ
ऐ मोहब्बत
तू भी जानती है

तुझ को ना
मिलेगा कोई
मुझ सा चाहने वाला
दे के कसमें अपनी
तू पाँव मेरे हर बार
जकड़ देती है
मोहब्बत ॥

फलक पे चाँद उतरा

फलक पे चाँद उतरा
निगाहों में चेहरा तेरा
चल पड़ा फिर ज़ेहन में
तेरी यादों का सिलसिला
झूम उठा मन बावरा
मिल गया जैसे इसे
चाहत का एक मक़सद नया...

मेरी वो हसरतें

मेरी वो हसरतें
जो हमेशा मेरी थीं
मेरी ना रहीं

मेरी वो चाहतें
जो हमेशा मेरी थीं
मेरी ना रहीं

मेरी जो इबादत
खुदा की जो की दिल ने
मेरी ना रही

कुछ ऐसी मिली
ज़िन्दगी जो मेरी थी
मगर मेरी ना रही ॥

ज़िन्दगी की कड़ुवाहटें जब याद आयीं

तुम याद आये
तुम्हारा मुँह फेर कर
मुझे छोड़ जाना याद आया

दिल जो कभी मेरा था
उसका तुम्हारे साथ
चले जाना याद आया

गुलशन जो आबाद था
शादाब था तेरे हुस्न से कभी
वो उजड़ा हुआ गुलशन
फिर याद आया

अपनी बर्बाद मोहब्बत का
हर एक गुजरा हुआ लम्हा याद आया
तेरी तस्वीर उतर आयी आँखों में
आँसूओं का हर एक सैलाब याद आया ।।

ना सर झुका इतना मोहब्बत में

ना सर झुका इतना मोहब्बत में
ना बना तू उसको खुदा अपना
तू लुट भी जायेगा उसकी खातिर
फिर भी ना हो सकेगा वो तेरा अपना

वो जवाँ ठहरा, तेरी ढलती जवानी है
वो मौज़ नदिया की तू कुएँ का पानी है...

हर ओर जोश ही जोश है

बज रहे ढोल मंजीरे
हर ओर जोश ही जोश है
हर ओर थिरक रहे मिल सब नर नार
बिखरी फागुन की बहार
चहुँ ओर रंगों की बौछार
चढ़ा सब पे मस्ती का खुमार
झूम रहा मनवा भी हमार
पिया संग मिल गौरी हुई निहाल
गुलाबी हो गये उस के गाल
पिया भी मदमस्त हुऐ हैं आज
थाम के सजनी जी का हाथ
ऐसा आया होली का त्यौहार
कर गया पूरी
पिया मिलन कि आस ॥

हम से बेहतर

ये माना कि हम से बेहतर
ज़िन्दगी जीना जानते हो तुम
कुछ ख्वाब अधूरे हैं तुम्हारे
ये भी मानते हो तुम
एक बार चले आओ

तुम मेरी महफिल में
कुछ ख्वाब मेरे हैं
शायद वो तुम्हारे हो जाये
और हमारे जीने केअन्दाज़
शायद कुछ और बेहतर हो जायें ।।

तू मुझे अपना बना गया

मेरे शहर में आ के तू
मुझे अपना बना गया
ना जानता था तू
अपने शहर में खुद
खुद को मिटा गया

आज एक नजूमी
यह कह गया मुझ से
दुःख से शुरु कर ढूँढना
मिल जायेगी ज़िन्दगी

कौन कहता है कि
दिल से दिल नहीं मिलते
बहुत दुःखता है ये दिल
जब वो साथ नहीं होते ।।

मैं जी उठा हूँ

एक चमक तुम्हारी आँखों की
एक नूर तुम्हारे चेहरे का
एक बात तुम्हारी धड़कन की
एक शाम तुम्हारी जुल्फों की
एक ख्वाब तुम्हारी बाहों में

एक खनक तुम्हारी चूड़ी की
एक धुन तुम्हारी पायल की
एक रात उन सर्द पहाड़ो की
अपने सब स्वप्न कुंवारों की
पूरे होते सब अरमानों की

जब भी ये सब याद आयें है
मैं जी उठा हूँ हर बार प्रिये
गा उठा हूँ फिर से मिलन के
चंचल मधुर सुहाने गान प्रिये ।।

तो क्या हुआ

मोहब्बत हमें उन से हुई थी तो क्या हुआ
दिल की कली कभी खिली थी तो क्या हुआ

दिल पे राज़ करते हो हमारे मोहब्बत बन के तुम
ये राज़ ए मोहब्बत दुनिया को बता क्यूँ नहीं देते
देखो तो ज़रा कितनी गर्म हैं ये फिज़ायें
ऐसे में तुम अपनी जुल्फों को बिखरा क्यूँ नहीं देते ।।

मेरे यारों नहीं मालूम

नहीं मालूम
यहाँ कब किसी को
किसी से
मोहब्बत हो जाये
सुना है
मोहब्बत के लिये
बस
एक नज़र काफ़ी है
मेरे यारों

मोहब्बत हो गयी
उन को
तुम से
ये तुम भी
जान जाओगे
बस
उनकी नज़रों को
पढ़ना
तुम सीख लो
यारों

वो दूर है तो
क्या हुआ
मेरे दिल में
तो रहते है
मेरे दिल ओ जान में
उतरा है
उनकी मोहब्बत का
गहरा असर
मेरे यारों

नम हो जाती हैं
आँखें यहाँ
मोहब्बत के सफर में
मेरे यारों

मैं भी इस बात से
अंज़ान था
मोहब्बत करने से
पहले
मेरे यारों..

अगर
तुम लगा पाओगे
मरहम

मेरे ज़ख्मों पर
थोड़ा आसान
हो जायेगा
मेरा मोहब्बत का
ये सफर
मेरे यारों

वो भी खुश हो जायेंगे
चल संग मेरे यारों
बन जायेंगे
वो हमनशीं
"अशोक"
बन जायेगा
उनका हमदम
मेरे यारों ।।

जब तक तुम ना मिलोगे

गीत लिखे तुम्हारे लिये
गीत गाये तुम्हारे लिये

तुम सुनती रहीं
मुस्कुराती रहीं
शर्म ओ हया से
नज़रें झुकाती रहीं
पर हर जन्म तुम
मुझसे दूर जाती रहीं

सुनो...
हर धड़कन तुम्हारे लिये
मचलती रहेगी
गीत मिलन के
तुम संग गाती रहेगी
तुम मिलोगे एक दिन
ये मुझको समझाती रहेगी
ज़िन्दगी तुम बिन
अधूरी थी
अधूरी है
अधूरी रहेगी
चाहत जन्मों की है
आस जन्मों की है
जब तक तुम ना मिलोगे
रूह तड़पती रहेगी ॥

ये सपना बड़ा अजब था

पहले तुम को देखा था
पर ना तुम को जाना था
तुम मेरे लिए अजनबी थीं
मैं तुम्हारे लिए अजनबी था

पर ये सपना बड़ा अजब था
मैं तेरी आँखों में मस्त हुआ था
तेरे होंठों की मखमली नमी में
मैंने खुद को खोया था

तेरी साँसों में पहली बार
मैंने खुद को
महसूस किया था
ये..
हाथों में हाथ लिये थे
हम दोनों साथ खड़े थे
हम दोनों हँस रहे थे,
बातें भी कर रहे थे
मद-मस्त ब्यार चली थी
तेरे गेसू लबों को
चूम रही थी

ये

हम एकीकार हुए थे

बन्धन में बन्धे हुए थे

रूहें मिली हुई थी

दुनिया थम हुई थी

बस धड़कन बोल रहीं थी

ये

सब कुछ बदल गया था

कुछ ना जुदा जुदा था

सब सपनें एक हुए थे

हम मनमीत हुए थे

ताजमहल पर लिखा एक

पाकीज़ा गीत हुए थे

ये सपना बड़ा अजब था ।।

काश

काश के
ये ज़िन्दगी पुरसुकूँ हो गयी होती
काश के तू मुझे मिल गयी होती

काश के
ख़्वाब सारे मेरे संवर गये होते
हर तमन्ना मेरी सज गयी होती

काश के
अपनी नज़रों में तुमको छुपा लेता
दिल में मेरे तू बस गयी होती

काश के
धूप सहरा की भी सह लेता मैं
तेरी ज़ुल्फ़ गर मिल गयी होती

काश के
ग़म के घने बादल छंट गये होते
किस्मत मेरी भी बदल गयी होती

काश के...

बसंत आ गया

अंग-अंग में उमंग आज तो पिया
बसंत आ गया

दूर खेत मुसकरा रहे हरे-हरे,
डोलती बयार नव-सुगंध को धरे,
गा रहे विहग नवीन भावना भरे,
प्राण! आज तो विशुद्ध भाव प्यार का
हृदय समा गया
अंग-अंग में उमंग आज तो पिया,
बसंत आ गया...

खिल गया अनेक फूल-पात से चमन,
झूम-झूम मौन गीत गा रहा गगन,
यह लजा रही उषा कि पर्व है मिलन,
आ गया समय बहार का, विहार का
नया नया नया
अंग-अंग में उमंग आज तो पिया,
बसंत आ गया...

मोरा अंग अंग मुस्का गया
उमंग है छा गया ।।

सुनो पिया

सुनो पिया... सुनो पिया
वसंत ऋतु आ गया

सुनो पिया...
पक्षी नये गीत गा रहे
खेत सब लहराह रहे
नव सुंगन्ध बयार में
प्रेम हृदय समा गया

सुनो पिया...
भरा उठा है चमन
नवीन फूल पात से
झूम रहा है गगन
सरूर है छा गया

सुनो पिया...
हर दिल ये गा रहा
मिलन समय आ गया
बाहार समय आ गया
विहार समय आ गया

सुनो पिया...
आज उषा भी लज्जा रही
केसखी बसंत आया
कोयल की कूक तान
व्याकुल से हुए प्राण
बैरन भई नींद आज
हवा में मद छाया
सखी बसंत आया
लागी प्रीत अंग-अंग
टेसू फूले लाल रंग
बिखरे महुआ के गंध

साजन संग भाया
सखी बसंत आया
पाँव थिरके देह डोले
सरसों की बाली झूमे
धवल धूप आज छिटके
जग सोन से नहाया
सखी बसंत आया
अमुवा की डारी डारी
पवन संग खेल हारी
उड़े गुलाल रंग मारी
सुख आनंद लाया
सखी बसंत आया

सुनो प्रिये ..सुनो प्रिये
बसंत है आ गया
रंग बसंती छा गया
माहौल भी गरमा गया
धूप है खिली खिली
भँवरा गुनगुना गया

सुनो प्रिये.....
सरसों है झूम रही
गेहूँ भी फूल रही
गुलाब संग मौसम में
गेन्दा है छा गया

सुनो प्रिये
पवन मस्त मलंग है
हर दिल में उमंग है
कोयल गीत गा रही
आम भी बौरा गया
सुनो प्रिये ॥

उस गुजरे पल में

अगर तू मेरी पसंद हैतो
जरूरी नहीं कि तू मुझे हासिल हो
लेकीन अगर तू मेरी जिद है तो
किसी और की औकात नहीं की
तुझे हासिल कर सके

ये दबदबा, ये हुकूमत, ये नशा, ये दौलतें
सब किरायेदार हैं घर बदलते रहते हैं
काश कभी ऐसा हो रखकर हाथ
मेरी आँखों पर वो बोलें-
"पहचान लिया तो हम तुम्हारे,
नहीं तो तुम हमारे"

होते हैं शायद नफरत में ही पाकीजा रिश्ते
अब तो तन से लिबास उतारने को
लोग मोहब्बत कहते हैं
यादों ने पास आकर कुछ यूँ गुनगुना दिया
जैसे किसी ने भुला हुआ फसाना सुना दिया

जाने क्या बात थी उस गुजरे पल में कि
दिल रोया लेकिन चेहरा मुस्कुरा दिया ।।

अगर हो सके

जिस्म
चार जानी पहचानी
दीवारों वाला
एक अनजान सा कमरा
जहाँ कैद हूँ
एक अनजाना सा मैं
मेरी पहचान, मेरा अक़्स
हैं ये चार दीवारें
इन्हीं के साये में जीता हूँ
खुद से
मिलने को तड़पता हूँ
बातें करने को तरसता हूँ
अगर हो सके तो, मुझे
मुझसे मिलवा दो, मैं
कौन हूँ,
क्या हूँ,
कैसा हूँ
मुझसे मेरी
पहचान करवा दो
रूह मेरी से
मेरी मुलाक़ात करवा दो
ज़माना कुछ भी कहे
पीछे हटा नहीं करते
मोहब्बत कर ने वोले तो
डरा नहीं करते ।।

यादें

महकी महकी साँसें तेरी यादें
बहकी बहकी बातें तेरी
सबके मन को भायी देखो
राधा जैसी आँखें तेरी
छीन रही हैं मुझको मुझसे
सुर्ख़ लबों की घातें तेरी
बाँध रही हैं दिल को मेरे
उड़ती उड़ती ज़ुल्फ़ें तेरी
जबसे तेरा साथ हुआ, हैं
तबसे मेरी नींदे तेरी
अब तो बस ये जी करता है
दिल में धड़कन धड़कें तेरी...

अँधेरे घने हैं शाम के

अँधेरे घने हैं शाम के
इन्हें ढलने की इजाज़त दे दो

अगर हो सके तो हमनशीं
हमें पहले सी मुहब्बत दे दो

उल्फ़त में कभी तुमने हमें
कहा था अपना दिल जिगर जान से
कसम है तुम्हें अब लौट तुम
हमें पहले सी इबादत दे दो

अँधेरे घने हैं शाम के
इन्हें ढलने की इजाज़त दे दो
जुल्फें जो खुली हैं शाम से
संवारूँ इन्हें वो रफ़ाक़त दे दो...

रफ़ाक़त - संगत, दोस्ती, friendship

सिर्फ तुम और सिर्फ मैं

अभी रात के ख्वाबों की ख़ुमारी
जाती भी नहीं के
सुबह सुबह मेरी अधखुली आँखों में
फिर दस्तक दे जाती हो तुम
मेरे लबों पे खिल उठती है फिर से
एक चंचल मधुर मुस्कान और
रंग मेरी दुनिया में खुशियों के
भर जाती हो तुम

सारा दिन साथ रहती हो मेरे
मेरी शक्ति मेरी ऊर्जा बने के
शाम जब ढलती है
जब सब चले जाते हैं
अपने घरौदों में तब
मेरे साथ रह जाती हो
'सिर्फ और 'सिर्फ तुम'
तुम्हारी यादे तुम्हारे बातें और
फिर से एक इंतज़ार ख्वाब का
जहाँ सारी दुनिया को भूल होते हैं
सिर्फ तुम...सिर्फ तुम....
सिर्फ तुम और
सिर्फ मैं...

बिछड़ के शाख़ से

बस गये हो जो
दिल ओ' जान में वो हटा नहीं करते
के निशाँ मोहब्बत के
कभी बदन से मिटा नहीं करते

सच ही कहा है किसी ने के
बिछड़ के शाख़ से
पत्ते यूँहीं गिरा नहीं क़रते और
ज़ुदा हो के हमसफ़र से
लोग ज़्यादा जीया नहीं करते...

दूर तक ख़ामोशी के

अक्सर देखा है मैंने के
जब ख़्वाब टूट जाते हैं
तो लोग टूट जाते हैं
गैर तो गैर
अपने भी साथ छोड़ जाते हैं
अश्क़ भी साथ नहीं देते
आँख छोड़ जाते हैं
जैसे कभी कोई
ग़म ना रहा हो ज़िन्दगी में
ऐसे पत्थर से
खामोश चेहरे नज़र आते हैं
दूर तक खामोशी के
समन्दर नज़र आते हैं
उदासियों के मंज़र नज़र आते हैं

गैर तो गैर
अपने भी साथ छोड़ जाते हैं
अश्क़ भी साथ नहीं देते
आँख छोड़ जाते हैं...

तन्हा खुद अपनी ही तलाश में

खुद को भूल बैठा मैं तलाश-ए-यार में
अब चला जा रहा हूँ तन्हा खुद अपनी ही तलाश में

नहीं मिला मुझ को सुकून कहीं भी
किसी मन्दिर, किसी मस्जिद, किसी इबादतगाह में
सब मिले ज़र परस्तों के मगर मेरा ख़ुदा कहीं नहीं
वो कहते हैं कि रहनुमा कोई कर लो
राह तुमको दिखाने को
मैं कहता हूँ के, जिन्हें खुद अपना पता नहीं
वो क्या राह दिखायेंगे मुझको

बिन रहनुमा ही खुद को तलाश लूँगा मैं
दिल आईना है मेरा खुद अपनी सुरत संवार लूँगा मैं
ये बे-ज़ुबान इंसानों की तरह बोला नहीं करता
मिला देगा मुझे मुझ से
बिना तंज कसे ही बता देगा मुझे ये सारे नुक्स मेरे
काश पहले ही समझ जाता के
झाँकना है मुझे खुद, खुद में
ना यूँ बर्बाद होता मैं, ना यूँ खुद को खोता मैं...

ज़र परस्तों - दौलत को पूजने वाले (दौलत वाले)

शांत है धरा

खामोश आसमाँ देखिये
गगन में पूनम का चाँद देखिये
समन्दर में लहरों का उफान देखिये

लुट गई आबरू, लुट गई इंसानियत
फिर भी खामोश ये समाज देखिये

अपने ही आप में उलझा है आदमी
घर में छुपा है हर इंसान देखिये

करते हैं यक़ीन गैरों पर यहाँ
अपनों से उठ गया यक़ीन देखिये

कौन समझाये अब इन अपने नादानों को
कि गैरों की आस्तीनों में छिपे खंजर देखिये

हैं लड़ रहे हम जिस ज़मीं के लिये
कहीं हो ना जाये वो ज़मीं बंजर देखिये

कब तक सहोगे तुम सितम सितमगारों के
खंडहर बोलते हैं ये बात मेरे कानों में देखिये...

दर्द बहुत थे

दर्द बहुत थे ज़िन्दगी में
पर सब दबाये मैंने
एक समन्दर था
आँसूओं का आँखों में
आँसू जो छिपाये नहीं छिपते
मगर वो भी छिपाये मैंने
हजार आँखें आज रोती हैं
मेरी मइयत पर
वक़्ते जरूरत एक भी नहीं था
साथ रोने को
ना दिया था कंधा किसी ने भी
चैन से सोने को
जितने भी दोस्त थे सब के सब
तब आजमाए मैंने
दर्द बहुत थे ज़िन्दगी में
पर सब दबाये मैंने...

मंज़र दहशतगर्दी के

मैं ये मंज़र दहशतगर्दी के
कब तक देखता रहूँगा
मैं मासूमों की लाशों पर आँसूं
कब तक बहाता रहूँगा

के मेरा भी खून समझ ले
खौल जायेगा एक दिन
कब तक तुम्हें मोहब्बत के
तराज़ू में तौलता रहूँगा

तुमने मौत की सियासत के
सिवा कुछ नहीं सीखा
मगर मैं इनसानियत के लिये
अपना धर्म निभाता रहूँगा

मेरी ख़ामोशी को मेरी कमज़ोरी
समझने वालों याद रहे
मैं हर बार तुम्हें हैवानों तुम्हारी
औकात बताता रहूँगा

मैं ये मंज़र दहशतगर्दी के
कब तक देखता रहूँगा
मासूमों की लाशों पर आँसूं
कब तक बहाता रहूँगा...

अमीरी की आड़ में

अधनंगा उघड़ा बदन
जैसे ताजा-ताजा और
नर्म गर्म गोश्त

गोश्त की चलती फिरती दुकान
दावत देता हुआ सा
समाज के भूखे भेड़ियों को

चंद सिक्कों में
नहीं मिलता ये गोश्त
गरीब की गरीबी बिकती है
चंद सिक्कों में तो

कीमत चुकानी होती है
एक बहुत मोटी रकम
और स्वाद मिल जाता है
एक और नए व्यंजन का
नर्म नर्म ताजा गोश्त...

मोहब्बत का फ़साना

मोहब्बत का शुरू जो
हुआ है फ़साना
क्या तो छुपाना
और क्या है बताना

चाहत को तुमसे
अब क्या जताना
दिल चाहता है
कुछ अपनी सुनाना

साँसों की सरगम
इशारे तराना
कानों में हौले से
तुम गुनगुनाना

देखो हमें ना यूँ
पलकें झुका लो
हया का है पर्दा
हमें अब उठाना

रोशन हुई है
चराग-ए-मोहब्बत
नज़रों से फिर तुम
जो नजरें मिलाना...

पहली बार घर छोड़कर बाहर निकलना था

कभी सोचा नहीं था
ऐसा दिन भी आएगा
समझ नहीं आ रहा था
खुद को समेटूं कैसे?

मैं तो बिखरी पड़ी थी
सारे ही घर में यहाँ से वहाँ तक
जैसे तैसे करके शुरुवात की
घर के कोने कोने से खुद को समेटने की
और अपनी एक गठरी बनाकर
चल पड़ी मैं घर से अपने सफ़र पर

पर यहाँ आकर जब खुद को ढूँढती हूँ
देखती हूँ पूरी कहाँ आ पायी हूँ मैं
मैं तो छूट गयी हूँ अपने पसंदीदा
बड़े-बड़े लाल गुलाबों के साथ
उनके काँटों में उलझकर
कहीं थोड़ा सा आज भी बिखरी पड़ी हूँ
बच्चों के कमरों में
उनकी किताबों उनके कपड़ों
और उनकी यूनिफार्म के पास
कुछ रह गयी हूँ मैं मेरे ही बिछौने पर

वो बिंदी का रोज तुम्हारी बाँह से चिपक जाना
थोड़ी सी कुकर, कड़ाही में उलझकर छूट गयी हूँ
ना जाने इन मसालों में मेरी महक है
या मुझमें इन मसालों की महक है

बस अब एक साल और
फिर ख़त्म होगा ये वनवास मेरा
और मैं पा लूँगी खुद को वापस पूरा का पूरा..

स्त्री स्वर

नहीं बन सकती
हर किसी के लिए अच्छी
नहीं रख सकती मैं,
हर किसी को खुश
थक गयी हूँ मैं
सबकी उम्मीदों पर
खरा उतरते उतरते
मेरा भी दिल करता है
मैं भी गलतियां करूँ
हर साँस का जवाब
नहीं दे सकती मैं
आती है तो क्यों आती है..
जाती है तो क्यों जाती है
थक गयी हूँ मैं
सबके अनुसार खुद को
ढालते ढालते
जरूरी नहीं मेरी हर बात
अच्छी ही हो
जरूरी नहीं मैं जो करूँ
वो सही ही हो
मुझे भी अपनी गलतियों से
सीखने का हक़ है

भूल गया है ये दिल भी धड़कना
धड़कने से पहले
इजाजत लेनी होती है इसे भी
शायद थक गया है
इसलिए अब धड़कना भी नहीं चाहता...

एक पौधा

एक पौधा जो होता है
किसी भी बड़ी प्रजाति का
धीरे-धीरे अन्य पौधों की ही तरह
बढ़ना शुरू होता है
पर उसके रंग ढंग
कुछ अलग ही होते है
औरो से हटकर
इसका बढ़ना नहीं रुकता
ये बढ़ते ही चले जाते है
और अपने आसपास की
खूबसूरती को
ख़त्म करते चले जाते है
नहीं पनप पाता
इनके आसपास कोई भी
यहाँ तक कि इनकी खुद की
छोटी छोटी शाखाएं भी नहीं
शुरुवाती दौर में
जो सब साथ-साथ थे
वे सब लुप्त प्राय:
होते चले जाते है
ये खुद इतने विशालकाय
वृक्ष बन जाते हैं

कि इनके आसपास
फिर कभी कुछ भी
नहीं पनप पाता
इतना बड़ा बनने के बाद भी
क्या हाथ आता है आखिर?
सिर्फ और सिर्फ अकेलापन...

एक कविता

कितना पकता है
दिल के अंदर
तो एक कविता
बाहर आती है
जिंदगी के बर्तन में
रख देती हूँ
सारे दुःख और सुख
पकने के लिए
और ढक्कन रख
देती हूँ उसपर
सहनशीलता का
अहसासों और
जज्बातों की
तेज भाप को
कतरा कतरा
समेटती हूँ
लफ्जों के रूप में
और बन जाती है
एक नई कविता...

वरमाला

विवाह में हुई वरमाला
हारजीत का खेल
विवाहित सब सीखा देते
अपनी ठेलम-ठेल
दोनों पक्षों में हो जाती
ऊँचे की एक होड़
वरमाला फिर बन जाती
हार-जीत की दौड़
खुद को ऊँचा रखने में
करता ना कोई देरी
युद्ध से पहले जैसे
बजती हो रणभेरी
घमंड का सर ऊँचा
ऊँचे में है शान
दो मासूम भिड़ जाते
अपना सीना तान
झुक जाए खुद से ही हम
रख दें सबका मान
झुक जाते गुणवान सदा
फैलाएं ये ज्ञान...

मैं सिगरेट का टुकड़ा

महँगी सस्ती कोई भी
हो सकती हूँ
सजी सजाई, चुस्त दुरुस्त
सलीके से पैक की हुई
कहीं कोई कमी नहीं,
कोई शिकायत का मौका भी नहीं
निकाला जाता है मुझे
नयी नवेली दुल्हन की तरह
बड़ी अदायगी के साथ,
फिर जलाया जाता है
बड़े प्यार से होंठों से
चूमा जाता है
हर एक कश में मैं
पीने वाले में समाती
चली जाती हूँ
दोनों के एक होने का
संकेत देता है
नाक से निकलता धुँआ
जो ये बताता है कि हाँ,
मैं पीने वाले में समा चुकी हूँ
हर कश के साथ
मैं मिटती चली जाती हूँ

और अंत में एक
ठूँठ बनकर रह जाती हूँ
अब मुझमें ना वो स्वाद है
ना रूप है और ना ही नशा
बड़ी बेदर्दी से जूते के नीचे
फेंककर मसल दी जाती हूँ
क्योंकि अब मुझमें
कुछ नहीं बचा
मैं एक सिगरेट का टुकड़ा...

पैसा है तो प्यार है

बढ़िया कारोबार है
साथ नहीं जो होता पैसा
फिर जीना बेकार है
पैसों से हैं रिश्ते नाते
अपनों की भरमार है
प्रेम, प्यार जो सब कुछ जाने
समझो उसकी हार है
पैसों से है सब सुख आते
प्रेम की कब दरकार है
बिन पैसे ना प्यार सुहाए
जीवन भर तकरार है
वोटर बिकते है पैसों से
नेता हुए खरीददार है
जिसकी मुट्ठी में पैसा है
उसकी ही सरकार है
पैसे का मोल ना ज्यादा आंको
काँटों का वो हार है
चुभ जाते हैं काँटों अक्सर
उजड़ा घर संसार है...

भीड़ में शामिल

नजरों ने की गुस्ताखी
गुनहगार दिल हुआ
सरपरस्त जिसे समझा
वही मेरा कातिल हुआ

खेल हमसे खेल गए
दिमाग से चलनेवाले
दिल की जिसने सुनी
नए दौर में जाहिल हुआ

दिल में तुम्हें बसाकर
सुबह शाम सजदा किया
पत्थर दिल से दिल लगाकर
कुछ ना फिर हासिल हुआ

मर मिटे जिसके लिए हम
कुछ ना फिर देखा सनम
हाथ में पत्थर लिए वो
भीड़ में शामिल हुआ...

आधी अधूरी रातें

बेसिर पैर की बातें थी
आधी अधूरी रातें थी
नाम नहीं था उस रिश्ते का
चाहत की बरसातें थी

कच्ची उमर का अल्हड़पन था
शीशे सा बेदाग वो मन था
प्यार, मोहब्बत दिल में रखता
जाने कैसा पागलपन था

क्या कोई हवा का झौंका था
या दिल का मेरे वो धोखा था
फेंक रही थी दूर जिसे मैं
जीने का वो मौका था

सब कुछ अपना वो हार गया
खाली वो सौ सौ बार गया
अड़ा रहा वो जिद पर ऐसे
जीत अपनी, हर हार गया...

खार हूँ मैं

खार हूँ मैं
गुलों का तलबगार हूँ मैं
निहारा था मैंने बड़ी मोहब्बत से
तो नन्ही सी थी कली चटकी
अंगड़ाई लेती मुस्काई
मुस्करा के थी खिलखिलाई

हुस्न ओ शबाब से उसके
मिरी थी आशनाई
हर पल मैं देखता रहा
बढ़ना उसका
मिरे आगोश में वो
हर सुबह थी शर्माई

खुशबु उसकी हवाओं ने
दूर तलक थी फ़ैलाई
भँवरे की भी नीयत
फूल देख थी ललचाई

गुनगुना गुनगुनाकर
चाल वो चल गया
पलभर में ही किस्सा
सारा बदल गया
एक तरफ़ा मोहब्बत में
मुझे मिली थी जुदाई...

मैंने देखा है

मैंने देखा है एक उम्र गुजर जाने के बाद
कुछ पुरुष हो जाते है ऐसे
जब घर में बच्चे आ जाते है
पत्नी उलझकर रह जाती है
घर, बच्चों और सास ससुर के बीच
तब बढ़ने लगती है दूरियाँ
दो दिलों और जिस्मों के बीच
पत्नी के लिए सभी काम जरूरी होते है
कटौती होती है तो बस
पति को दिए जानेवाले प्यार में
तब शुरू होता है उसका भटकना
अतृप्त मन की अतृप्त इच्छाएं लिए
कहीं भीड़ में, मंदिर की लाइन में,
बस के धक्कों में या फिर कभी
घर के ही किसी नजदीकी रिश्ते में
मचल जाते है उसके हाथ
करने को कुछ गलत हरकतें
ये वो हरकतें है जो
नवयुवक भी कभी नहीं करते
उसे समझ नहीं आता
कि पत्नी का थोड़ा काम
बाँट लिया जाए
वो भी महसूस कर सके
कि उसमें भी जीवन है...

आम स्त्री

घर से परायी हुई
तो नये लोगों में आयी
जैसे धान को क्यारियों से निकालकर
ले जाया जाता है खेतों में
फिर उन्हें दिया जाता है बहुत सारा पानी
जड़ें जमाने के लिये
पर नई जगह में हमें वो पानी मिले
ऐसी आशा बहुत कम ही होती है
संभलना होता है अपने ही बलबूते पर
और चलना होता है
जीवन का एक एक कदम
वहाँ कोई खुद को नहीं बदलता
हमें ही बदलना होता है खुद को
कोई इन्तजार नहीं करेगा
हमारे धीरे-धीरे सीख जाने का
हम ढाल लेते है खुद को
सबकी जरूरतों के हिसाब से
और चल पड़ती है गाड़ी
हिस्सा बनते जाते है हम सबकी जरूरतों का
हमारे बिना पत्ता भी नहीं हिल पाता
सुना था जिंदगी प्यार से चलती है
पर यहाँ तो जिंदगी सिर्फ
जरुरत के मुताबिक चलती है
प्यार कहाँ है इस जिंदगी में ?
मैं आज भी उस प्यार की खोज में हूँ...

अबला हो गयी सबला

सबला से ज्यादा सबल
प्रेम, प्यार के किस्से
नित, नए रहे उछल
नारी, देह का कर रही
सरल, समुचित उपयोग
स्वार्थपूर्ति में हो रहे
नित, नए अब प्रयोग
लुकछिप के रिश्तों का
अजब ही मायाजाल
फँस जाता लोभी पुरुष
मचता फिर बवाल
देह और स्वार्थ का
होता खूब आकर्षण
जो ना मिलता मनचाहा
कहलाता वो यौन शोषण
क्षणिक सुख के आगे
इज्जत जाती उतारी
एक ही वार स्त्री का
जीवन भर का कमाया
पल भर में गुम जाता
नारी रूप के आगे
देव भी कहाँ टिक पाता...

शब्दों से बड़ी ख़ामोशी

ख़ामोशी एक आग
जो जला दे सब कुछ
ख़ामोशी एक चट्टान
जिसे हिला सके ना कोई
ख़ामोशी एक तूफां
जो मचा दे विध्वंस
ख़ामोशी एक संकेत
आने वाले खतरे का
ख़ामोशी हर शब्दों की
भग्नाशा का संकेत
ख़ामोशी द्वंद्व अंतर्मन का
समझौता हालात से
अंतिम ख़ामोशी जीवन का अंत
है ना शब्दों से बड़ी ख़ामोशी...

कभी तो

बैठ तन्हा
ख़्वाबों-ख़्यालों में
अक्सर ये
सोचा करता हूँ मैं

कि...
कभी तो
बैठ समन्दर किनारे
नर्म, ठंडी रेत पर
डूबते सूरज को
मेरे संग
तकोगे तुम

कि ..
कभी तो
भीड़ से दुनिया की
दूर बहुत दूर
कुछ लम्हें
सुकून के जीने
मेरे संग
चलोगे तुम

कि...

कभी तो
हसीं वादी में बैठ
मन्दिर की सीढ़ी पर
रूह से रूह को
संग मेरे
गुनोगे तुम

कि...

कभी तो
ख़त्म होगा अभिशाप
मिला है जो हमें
ज़ुदाई का, और
हर जन्म फिर
मेरे संग
रहोगे तुम...

आखर प्यार के

मोहब्बत के निशाँ मिटाने दो
अब हमें सब भूल जाने दो
विरह के गीत अब गाने दो
दर्द दिल को आज़माने दो

हो चुका बहुत रूठना मनाना
अब हमें ज़रा मुस्कुराने दो
है मुहब्बत का वास्ता तुमको
अब दूर हमें खुदसे जाने दो

जो कभी लिखे थे खत में तुम्हें
आखर प्यार के वो जलाने दो...

ख़्वाहिशों के फूल

ख़्वाहिशों के
फूल खिल जाने दो
ज़िन्दगी को
ज़रा महक जाने दो

खुद को
न बचाओ बारिशों से अब
रंग नफ़रतों के
अब धुल जाने दो

हमसफ़र
हम एक ही मंज़िल के हैं
सफ़र साथ
मस्ती से कट जाने दो

रहे क़फ़स में
कैद ज़िन्दगी क्यूँ अब
गगन नील
उसे अब उड़ जाने दो

कब तक
रखोगे लगा के सीने से
बाहर
बच्चों को निकल जाने दो

ख़्वाहिशों के
फूल खिल जाने दो
ज़िन्दगी को
ज़रा महक जाने दो...

मिट्टी का चूल्हा

आज भी जब कभी गुजरता हूँ
अपने पुराने घर के सामने से
तो याद आ जाता है उस घर में
ज़िन्दगी का बीता हुआ कल

एक एक पल, वो आँगन
जिसके एक कोने में
हुआ करता था अपना रसोईघर,
जिसकी शान हुआ करता था
मिट्टी का एक चूल्हा
नज़र सामने उभर आते हैं दृश्य कई

चूल्हे पानी लगा लगा के
रोटी बनाती सेकती माँ,
कभी चूल्हे की आँच को कम तो
कभी धौकनी से फूँक-फूँक कर
आँच को तेज़ करती माँ

बार-बार अपने आँचल से
आँखों का पानी पोंछती माँ
फिर भी मुस्कुरा के एक-एक से
गर्म रोटी पूछती माँ

और कभी मिट्टी की पतली में
गरम दूध ओटती माँ
रात को बची गरम राख में
कभी आलू तो कभी शकर्कन्द दबाती माँ

और अब न वो चूल्हे रहे
ना वो सौन्धी सी सुगंध
ना रही अब पहले सी माँ...

मौलिक अधिकार/कर्तव्य

बात अधिकारों की
भला कब तक
करते रहेंगे हम
संविधान देता रहेगा
और कब तक
सिर्फ और सिर्फ अधिकार
लेते रहेंगे हम

वक़्त की नज़ाक़त को
अब समझना होगा
मौलिक अधिकारों संग
संविधान में
मौलिक कर्तव्यों को भी
शामिल करना होगा

राज नेताओं से ले जनता तक
सब के मौलिक कर्तव्यों को
चिन्हित कर परिभाषित करना होगा
मौलिक तो मौलिक
अन्य सभी अधिकार
खुद-ब-खुद मिल जायेंगे
जब समस्त नागरिक

अपने अपने कर्तव्यों का
पालन करने में जुट जायेंगे
दोषी भी तब,
आसानी पकड़े जायेंगे, सज़ा पायेंगे

मौलिक अधिकार और
मौलिक कर्तव्य मिल
जनतंत्र को और मजबूत बनायेंगे...

ज़िन्दगी

धूप कहीं तो कहीं ये छाँव हो गयी है
ज़िन्दगी समझौतों का नाम हो गयी है

लेते थे लोग कभी चोरी से मगर अब
रिश्वत यहाँ पे एक रिवाज़ हो गयी है

रोज़ी रोटी के जुगाड़ में लगे लगे ही
उम्र अपनी तो यूँहीं तमाम हो गयी है

कीमत जान की अब नहीं रही कोई
दहशतगर्दी अब खुलेआम हो गयी है

साथ नहीं अब चला करते महबूब भी
बदलना महबूब बात आम हो गयी है

धूप कहीं तो कहीं ये छाँव हो गयी है
ज़िन्दगी समझौतों का नाम हो गयी है...

खिलखिलाता बचपन

घर के गलियारों में दौड़ता
हँसता गाता खिलखिलाता बचपन
जाने कब साथ वक़्त के
पथरीले रस्तों पर उतर गया
ज्यूँ पिघलती है बर्फ धूप में
बचपन भी उसका पिघल गया

मस्त ज़िन्दगी जीने वाला
धन-दौलत के चक्कर में
जीवन जीना भूल गया
घर के गलियारों में दौड़ता...

आप हमें ख़्वाबों में मिलते

जानते हो ना
जब आप
रात भर नहीं आते
हमें नींद नहीं आती
आँखें रात भर
आपकी झलक पाने को
मोबाइल के स्क्रीन पर
है लगी रहती
नींद नहीं आती तो
निगोड़े ख़्वाब
नहीं आते
आपके इंतज़ार में
मोहब्बत के तमाम
लम्हात हैं गुजर जाते
मालूम तो है आपको
हम आप बिन
रह नहीं पाते
दिन तो गुजर जाता है
आप की तस्वीर के सहारे
और रात गुजरती है
आप से बातों
आप के ख़्वाबों के सहारे

देखिये आप से
ये इल्तज़ा है हमारी
आप रातों को
ना दूर रहा
कीजिये हम से
बात जरूर किया
कीजिये हमसे,
बाद इसके
आप हमें ख़्वाबों में मिलते
रहा कीजिये हँस के...

एक खास दिन

टूट कर अक्सर
गिरते देखा
तारों को आकाश से
कुछ तेरे कुछ मेरे वो
कुछ उनके नाम के
उन तारों के गर्म आँसू
उनकी आँखों में
चमकते जीवन
दुःख और प्रेम के अहसास को
ना मैंने देखा तुमने देखा
ना धरती आकाश ने
अब इंतज़ार मुझे है
उस 'एक खास दिन' का
जब मैं भी चमकूँ
तारा बन संग तारों के
और समझ सकूँ
उनके जीवन के यथार्थ को
संघर्ष, आँसू, दुःख, प्रेम के अहसास को...

करवा चौथ का चाँद

इस बार करवा चौथ
का चाँद
जब बादलों के
झीने रेशमी पर्दे को
सरका कर निकला तो
एक अलग ही
अन्दाज़ था उसका
कुछ इतराता सा
गरूर नज़र में ले
लबों से मुस्कुराता सा
मेरे महबूब सा इठलाता सा
सच कहूँ तो ये चाँद
मुझे मेरे महबूब से
मिलवा गया
दिल ओ जान में बसे
मेरे चाँद की सूरत
चाँद खुद में
मुझे दिखला गया
चाँद यूँही नहीं
चाँद मोहब्बत के मारों का
ये मुझे चौथ का
चाँद समझा गया...

ये मन

ये मन न जाने
क्या क्या सोचता रहता है
कभी सोचता है बचपन तो
कभी जवानी में
दौड़ता रहता है
कभी याद करता है
नन्हें कदमों से
माँ के साथ-साथ
चलने को कभी आगे
निकलने को
और कभी
गिर के रोते हुये
माँ के आँचल में
सिमटने को
और कभी खो जाता है
ख्यालों में और तलाशता है
अनदेखे महबूब को
और कभी उस अनदेखे की
जुल्फों में उलझने लगता है
और जब मिल जाता है
वो ख़्वाबों में
साथ उसका पा

गुरूर में मचलने लगता है
सच कहूँ तो मेरा मन
जो जन्मों से मेरी
रूह में बसा है
बस उसी को सोचता है
ज़िन्दगी उसके साथ

कितनी हसीन होगी
ये तो उन्हीं पलों को
बस पल पल खोजता है...

मेरे सीने में तेरा नाम

मेरे सीने में
तेरा नाम धड़कता है अभी
तुमसे मिलने को
मेरा दिल मचलता है अभी
तेरी यादों के
सहारे ही तो जीता हूँ मैं
ख़्वाबों में तुमसे गुफ़्तगू का
दौर चलता है अभी
कैसे मानूँ के
मैं तेरा अब कोई भी नहीं
तेरी आँखों में
मेरा अक़्स झलकता है अभी
यूँ तो हर रोज़
हजारों से बात होती है मगर
मेरे लब से
बस तेरा ही नाम निकलता है अभी
वो जिगर कहाँ से
लाऊँ मैं जो तुझे भूल जाये
ये दिल मेरा
तेरी ही इबादत करता है अभी...

एक घर मेरा

आसमाँ की
बिजलियाँ ने
आखिर
ढूँढ लिया
एक घर मेरा

एक घर उसका था
और
किनारे आ के
पूछती रही
तूफ़ाँ से
कश्ती-ए-उम्मीद
वक़्त तुझको भी
ये मिला था
आने का...

दरवाज़ा

दरवाज़ा
सोचता रहता है
खुला दरवाज़
मेरे घर का
शायद
रास्ता भूल एक दिन
तुम चले आओ
मेरे दर्द को
एक ये ही
समझता है
जानता है
जबसे गये हो तुम
कोई नहीं मेरे
नाज़ उठाने वाला
मुझे मनाने वाला
उसको उढ़काने वाला...

तुम्हें फिर से जगाना होगा

मेरे चेहरे का
तब्बसुम
मेरे होठों पर
मचलते हुऐ
नग़मों को ना देख
चाहना है गर
मुझको तो
मेरी आँखों में
जलते है जो

उदासियों के चराग़
उनको बुझाना होगा
मेरे सीने में
जो पलते हैं
ग़म लाखों
उनको बना अपना
सीने से लगना होगा
मुझ में हर पल
मरती हुयी
मोहब्बत को
तुम्हें फिर से
जगाना होगा...

जबसे गया है वो

हाल तुझको
अपना मैं
सुनाऊँ क्या
बताऊँ क्या
के
ये दिल
जबसे गया है
वो, तबसे
सम्भलता भी नहीं
रुकता भी नहीं
ठीक से चलता
भी नहीं
और
बादल उसकी
याद का
कुछ
इस तरह से
छाया है
उम्र के सेहरा पे,
के ज़ालिम
छंटता भी नहीं
बरसता भी नहीं

ये दिल
जबसे गया है
वो, तबसे
सम्भलता भी नहीं
रुकता भी नहीं
ठीक से चलता
भी नहीं...

यह दौर

हवस आँखों में
वासना दिल में
लूटने, लूटाने
का दौर है ये
ज़िन्दगी अब
रिश्तों पे नहीं चलती
दौलत और दौलत
कमाने
का दौर है ये
किस्से
लैला मजनूं
शीरी फरहाद
सोनी महिवाल के
अब कहाँ
अब तो बिन
मोहब्बत बिन शादी
साथ रहने
का दौर है ये...

ज़िन्दगी की दुआ

हाथ यक-ब-यक
उठ गये मेरे
दुआ में उसके लिये
(आज के आदमी के लिये)
जो कह रहा था
कि
मेरे हम नफ़स,
मेरे हमनवाज़,
मेरा दोस्त बनके
दगा तू दे,

मैं भी नहीं हूँ
दर्द-ए-इश्क़ का
मारा हुआ
मुझे ज़िन्दगी की
दुआ तू दे...

इंसान छोटा हो गया

ना रही कद्र कोई
इंसान की
मुखोटों भरा संसार
हो गया
इंसान छोटा
हो गया
किरदार बड़ा
हो गया
ना कद्र रही
अब कोई
रूहानी रिश्तों की
जिस्मानी सौंदर्य
और
धन दौलत के
व्यापार में बाकी
सब गौण
हो गया
सच
किरदार बड़ा
हो गया
इंसान छोटा
हो गया...

कभी तो कहोगी

वो कनखियों से
देखना,
वो तेरा
मुस्कुराना और
फिर मुँह फेर कर
चले जाना
वो बात बे-बात
आईने में
खुद को
आते जाते
निहार जाना
करीने से
संवरी जुल्फों को
बे-वज़ह संवारते जाना
तन्हाई में
गीत पिया
मिलन के
गुनगुनाना
शायद
ये ही प्यार है
कभी बड़ी
बेताबी से
आना मेरे सामने
बैठ जाना
नज़रे झुकाना

कभी उठाना
वो खुश्क होते
लबों को
नम करना
अंगूठे के
नाखून को
दाँतों से चबाना
बेवज़ह
बार-बार सम्भालना
फिर बिन
कुछ कहे
खामोशी से उठना
अभी आती
हूँ कहना
कुछ दूर जाना
रुकना...फिर
वो कनखियों से
देखना,
तेरा मुस्कुराना और
फिर मुँह फेर कर
चले जाना
शायद
ये ही प्यार है
आज भी हूँ इंतज़ार में
कभी तो कहोगी
हाँ प्यार है
हाँ... प्यार है ...प्यार है...

बीते दिन

शाम ढली चाँद
फिर निकलने लगा
समन्दर यादों का
फिर मचलने लगा
ठहरा रहा दिन भर
निग़ाहों में जो
बेचैन अश्क़ वो
फिर ढलकनें लगा
था किया वादा के
ना तड़पेगा अब
पर नामुराद दिल
फिर मुकरने लगा
साथ गुजारे थे वो
जो दिन हमने
मंज़र नज़र से वो
फिर गुजरने लगा
के लौट कर तुम
आ जाओ फिर से
बीते दिन याद दिल
फिर करने लगा...

क़बूल हो गयी

सिलसिला उस से मुलाक़ातों का
कुछ इस तरह चलता रहा
वो मिरा हरकदम पे इम्तिहाँ
लेता रहा मैं देता रहा
के मैं जाता भी तो कहाँ जाता
नाता तोड़ कर उस से
सफ़रे जिन्दगी के हर कदम पर
वो ही मुझे मिलता रहा
मेरा दिल भला किसी और पर
फ़िदा होता तो होता क्यूँ

वो मेरे नसीब का था गुलाब
जो चमन में खिलता रहा
मेरी इस ज़िन्दगी पर शायद लिखा
मुकम्मिल हक़ उसी का था
मेरा दिल उसके इंतज़ार में
इसीलिए उम्र भर तड़पता रहा
वो मिला तो तब जा के ये
यक़ीन आया नादान दिल को
के क़बूल हो गयी है इबादत
जो दिल हर पल करता रहा...

www.ingramcontent.com/pod-product-compliance
Lightning Source LLC
LaVergne TN
LVHW060457051026
849518LV00002B/803
* 9 7 8 8 1 9 4 5 0 7 2 1 5 *